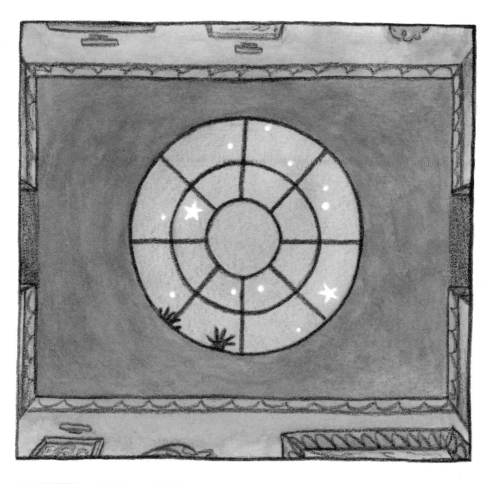

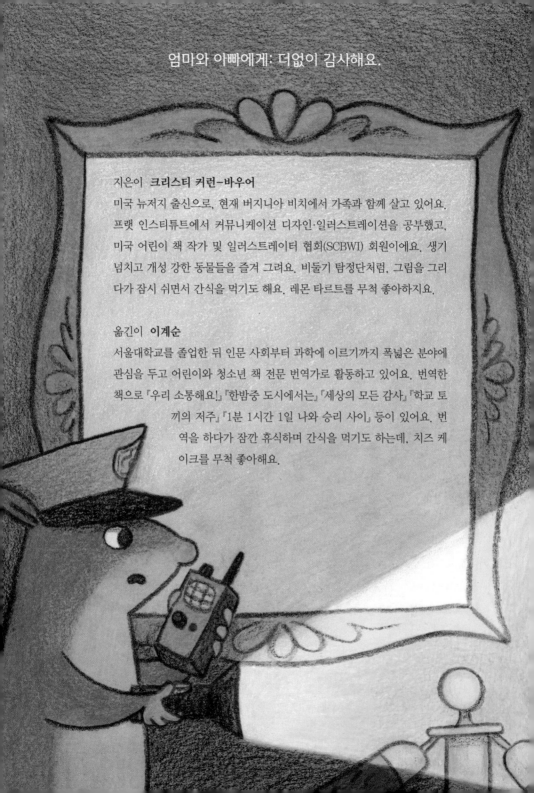

엄마와 아빠에게: 더없이 감사해요.

지은이 **크리스티 커런-바우어**

미국 뉴저지 출신으로, 현재 버지니아 비치에서 가족과 함께 살고 있어요. 프랫 인스티튜트에서 커뮤니케이션 디자인·일러스트레이션을 공부했고, 미국 어린이 책 작가 및 일러스트레이터 협회(SCBWI) 회원이에요. 생기 넘치고 개성 강한 동물들을 즐겨 그려요. 비둘기 탐정단처럼, 그림을 그리다가 잠시 쉬면서 간식을 먹기도 해요. 레몬 타르트를 무척 좋아하지요.

옮긴이 **이계순**

서울대학교를 졸업한 뒤 인문 사회부터 과학에 이르기까지 폭넓은 분야에 관심을 두고 어린이와 청소년 책 전문 번역가로 활동하고 있어요. 번역한 책으로 『우리 소통해요!』 『한밤중 도시에서는』 『세상의 모든 감사』 『학교 토끼의 저주』 『1분 1시간 1일 나와 승리 사이』 등이 있어요. 번역을 하다가 잠깐 휴식하며 간식을 먹기도 하는데, 치즈 케이크를 무척 좋아해요.

비둘기 탐정단2

도둑맞은 그림을
찾아라!

크리스티 커런-바우어 지음 이계순 옮김

씨드북
Seedbook

·차례·

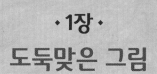

·1장·
도둑맞은 그림

음식 예술 박물관에 있던 귀중한 그림 한 점이
한밤중에 도난당했어요. 박물관 직원들은 우왕좌왕
어찌할 바를 모르고 있었지요.
바로 그때, 비둘기 탐정단이 현장에 도착했어요.

"전문가의 솜씨 같군. 흔적도 없이 사라졌어."
펠릭스 대니시 탐정이 말했어요.

"흔적이 아예 없는 건 아니야." 랄프 커스터드 탐정이
바로잡아 주었지요.

"그 그림은 파리의 빵 연구소에서 빌려 온 거였어요!
값을 매길 수 없는 명작이라고요! 아니, 어떻게 우리 보안 시스템에
걸리지 않은 거죠?" 박물관장이 소리쳤어요.

"저도 알고 싶네요."
마틴 스위츠 탐정이 곰곰히 생각하며 말했어요.

1단계: 더 많은 단서를 찾기 위해 보안 영상 확인하기

박물관 보안 감시실에 가니, 그곳 책임자가 전날 밤에 찍힌 영상을 보여 주었어요. 그런데 정말 희한한 장면이 찍혀 있지 뭐예요.

"세상에, 저게 대체 무슨…." 대니시가 흠칫하며 말했어요.

그림이 마치 살아 있는 것처럼 혼자서 움직이며 채광창으로 사라졌거든요.

"으악, 유령이다!" 커스터드가 숨을 헉 들이마셨어요.

"잠깐만요. 여기 좀 확대해 주세요." 스위츠가 뭔가를 발견했어요.

"좀 더 크게요." 스위츠가 요청했지요.

그런 다음 결론을 내렸어요.
"우리가 상대하고 있는 건,
유령이 아니라 속임수의 달인이야."

19

· 2장 ·
은폐의 기술

그림 도둑을 무작정 쫓기 전에, 비둘기 탐정단은
과학 수사 연구소의 전문 연구원과 의견을 나누어야 했어요.

"파충류 피부에서 떨어진 각질처럼 보이는군요.
도움이 될 만한 정보가 더 있는지 실험해 보도록 하겠습니다."
　　　　　　　　연구원이 말했어요.
　　　　　　　　"어떤 파충류들은 주변 환경에 맞춰 몸 색깔을
　　　　　　　　　바꾸기도 하지요?" 스위츠가 물었어요.

"네, 그렇습니다. 그런 걸 위장이라고 하지요."
연구원이 덧붙여 확인해 주었어요.

이제 비둘기 탐정단은 단서를 갖고 움직이기 시작했지요.

2단계: 현장 조사로 용의자 범위 좁히기

우선은 그 지역에 사는 파충류들을 만나 정보를 모아야 했어요.
비둘기 탐정단은 근처 연못부터 시작했지요.

"나는, 쉭쉭, 미끄러운
벽을, 쉭쉭, 기어오르지
못해." 뱀이 쉭쉭 혀를
날름거리며 말했어요.

"나는 등딱지가
무거워서 안 돼.
도마뱀이라면 또 모를까."
거북이가 느릿느릿
말했지요.

도시공원에서 도마뱀을 찾을 수 있는 곳은
딱 한 군데밖에 없었어요.

그리고 그곳은 문 열기 전에
가는 게 가장 좋았지요.

도시공원 동물원의 파충류관에는
그림 절도 용의자로 의심되는 파충류가
몇몇 있었어요. 하지만 그 어디에도
도둑맞은 그림은 없었지요.

비둘기 탐정단은
믹다른 골목에 이르고 밀았어요.

한편…

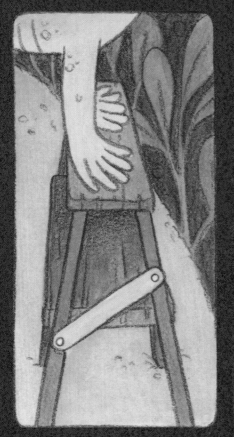

차 마실 시간이군.

잠깐만요:
소소한 소스 감상

작가는 케첩과 머스터드소스로만 그림을 그렸어. 평범한 재료를 뛰어난 예술로 발전시킨 거지. 그러면서 순수 예술과 대중문화를 서로 연결하고 있다고.

차라리 핫도그에 했으면 좋았을 텐데.

핫도그나 먹으러 갈까….

이제 다시 일할 시간이 되었네요.

·3장·
파충류 조사

3단계: 자료 수집하기

비둘기 탐정단은 도마뱀과 관련된 여러 정보를 더 모아야 했어요.
그래서 도서관에서 책을 몇 권 빌렸지요.

그런 다음 본부로 돌아가 도마뱀을
조사하기 시작했어요.

한편…

음식 예술

⑨ 창문

서관

⑩

⑫

⑪ ①

① 출입구
② 안내
③ 물품 보관소

박물관 지도

⑤
④
⊗ 창문
⑦
⑧
③

④ 기념품점	⑦ 파스타 전시실	⑩ 햄 전시실
⑤ 카페	⑧ 과일 전시실	⑪ 빵 전시실
⑥ 강의실	⑨ 생채소 전시실	⑫ 피자 전시실

·4장·
두 번째 도난

다음 날 아침, 비둘기 탐정단에 안 좋은 소식이 들려왔어요.
음식 예술 박물관에 또 도둑이 들었다는 거예요.

"그 파스타 직물은 다른 데서 빌려 온 아주 귀한 작품이란 말이에요!"
박물관장은 거의 제정신이 아니었지요.

하지만 좋은 소식도 있었어요.
범인이 점점 허술해지고 있다는 거였어요.

"채광창에 끼여서 떨어진 범인의
꼬리 같아." 대니시가 관찰하며 말했어요.

"윽, 토할 것 같아."
커스터드가 입을 막았지요.

비둘기 탐정단은 더 많은 정보를 얻기 위해
이 새로운 증거를 과학 수사 연구소로 가져갔어요.

"흐음, 이건 확실히 도마뱀 꼬리예요. 도마뱀은 좁은 곳을
빠져나가야 할 때 자기 꼬리를 뚝 떼어 버리는 경우가 많지요.
첫 번째 현장에서 발견된 그 각질과도 일치합니다."
연구원이 확인해 주었어요.

39

동물원 관람 시간이 끝날 때까지 기다릴 수 없었어요.
비둘기 탐정단은 꼬리가 없는 범인을 찾을 수 있을 거라
확신하며, 다시 도시공원 동물원으로 날아갔지요.

이 도시에는 없는 게 없구나.

아, 아쉽게도 모든 꼬리가
멀쩡했지요.

"도마뱀이란 도마뱀은 전부 확인했어.
도마뱀붙이도 전부! 다른 지역에서 온 도마뱀붙이가
여기 없으면 대체 또 어디에 있단 말이야?"
커스터드가 소리쳤어요.

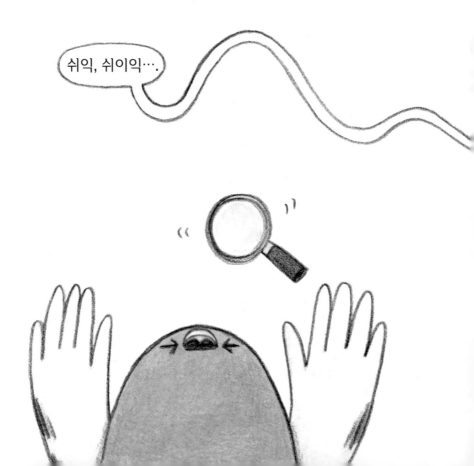

쉬익, 쉬이익….

비둘기 탐정단은 컵케이크를 얻기 위해
사랑하는 빅마마 비둘기의 집으로 갔어요.
그런 다음 서둘러 자리를 떴지요.

비둘기 탐정단은 보아의 조언대로 하고 있었어요.

·5장·
복슬복슬 털과 집요한 추적

스위츠, 대니시, 커스터드는 자신들이 지금 제대로
찾아왔는지 확신할 수 없었어요. 털이 복슬복슬 나 있는 온갖
귀엽고 사랑스러운 동물이 여기저기 많았지만,
다른 지역에서 온 듯한 특이한 동물은
하나도 보이지 않았거든요.

"이럴 수가 없어. 보아가 우리를 놀린 거야."
스위츠가 화난 목소리로 말했어요.

"우선은 스티브부터 찾아보자. 스티브가 없으면…,
다시 돌아가서 우리가 무엇을 빠트렸는지
확인하면 되지." 대니시가 스위츠를 달랬어요.

"방금 누가 스티브라고 했나요? 스티브는 저기 뒤쪽에서
달리고 있는데…, 거기 있는 터널 놀이기구를 따라 쭉 가 보세요.
수족관이 나오면 스티브를 지나친 거예요."
유리창 너머의 털 뭉치 고양이가 알려 주었어요.

4단계: 필요하다면 때에 따라 살금살금 움직이기

그리고 마침내 스티브를 찾았어요.

스티브가 알려 준 대로 가니,
이번엔 제대로 찾아간 것 같았어요.

"그래, 이래야지."
비둘기 탐정단이 안심하며 말했지요.

50

그리고 마침내
도마뱀붙이가 사는
수조를 찾아냈어요.
그런데 한 가지
문제가 있었지요.

꼬리가 길면 잡히는 법이지요. 사실, 범인의 꼬리는
비둘기 탐정단이 갖고 있기는 했지만요.
아무튼, 비둘기 탐정단은 이제 범인의 꼬리가 보일락 말락 했어요.

한편…

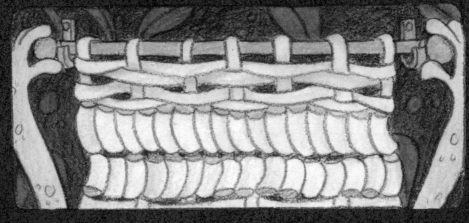

꼬리를 잃긴 했지만,
그만한 가치는 있었어.

·6장·
잠복근무

이제 어떻게 해야 할지 작전을 짜야 할 시간이었어요.
음식 예술 박물관의 카페는 시끌벅적 소란스러웠지요. 다시 말해,
탐정단이 나누는 대화를 다른 동물이 몰래 엿들을 가능성은
별로 없다는 뜻이었어요. 비둘기 탐정단은 미술품 도둑이 또 범행을
저지르기 전에 반드시 잡기로 했고, '오늘의 머핀'을 먹으며
대담한 전략을 세웠어요.

"그 도마뱀붙이가 자꾸 우리를 따돌리고 있어.
이번에는 무슨 수가 있어도 현장에서 잡아야 해.
이게 무슨 뜻이냐 하면…."

오늘의 머핀
"꿀을 입혀서 파리가
더 많이 잡혀요"

스위츠가 계획을 세우기 시작했어요.
"드디어 야간 투시경을 사용하는 건가?"
대니시가 물었어요.

"그리고 무전기도. 그래서…
내가 아까 말하려 했던 건,
바로 '잠복근무'였어."
스위츠가 딱 부러지게 말했어요.

"야호!" 커스터드가 신나서 소리쳤지요.

위치:
내부
외부
지붕

음식 예술 박물관 지도

꼬리

"내가 조사한 바에 따르면, 도마뱀붙이는 꼬리에다 영양분을 저장해. 그래서 꼬리를 잃으면, 잃어버린 곳으로 다시 돌아가지. 꼬리를 먹어서 영양분을 되찾으려고 말이야." 스위츠가 설명했어요.

"그러니까 범인이 꼬리를 먹기 위해
범죄 현장으로 되돌아올 거라고?"
커스터드가 괴로운 듯 소리쳤어요.

"그냥 다른 그림을 또 훔치려고
돌아올지도 몰라." 대니시가 말했지요.

"아무튼, 오기만 해 봐. 우리는
모든 준비를 마치고서 기다리고
있을 테니." 스위츠가 다짐했어요.

끼이이이익!

잠깐. 서관의 피자 전시실에서 움직임이 있다. 대기하라.

알았다, 오버.

도마뱀붙이가 채광창으로
올라가고 있다.

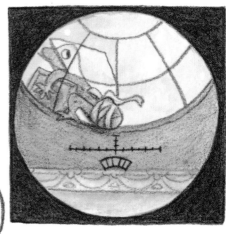

알았다, 오버.

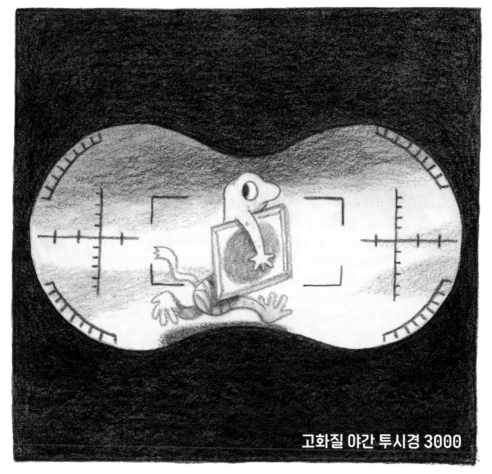

고화질 야간 투시경 3000

비둘기 탐정단과 음식 예술 박물관의 보안 요원이
범인을 향해 살금살금 다가갔어요.

7장

현장에서 딱 걸린 범인

"그래, 내가 그랬어!

반려동물용품점에 있는 내 수조가 싫증 나서 그랬다고.

세상에, 가짜 나뭇잎이라니!

정말 참을 수 없는 건 그 밋밋한 나무 밑동이야!

그래, 귀뚜라미는 언제나 부족함 없이 먹을 수 있었지.

하지만 지극히 평범한 디자인에 숨이 턱턱 막혔다고!

마침내 탈출해서 나만의 공간을 찾았어.

그리고 이곳을 조금 멋지게 꾸미고 싶었을 뿐이야!

그런데 그게 그렇게 잘못한 거야?"

"기념품점에서 포스터를 팔잖아!" 스위츠가 큰 소리로 말했어요.

"흥, 그런 싸구려 모조품! 시시해! 보잘것없다고!" 도마뱀붙이가
한탄했지요.

"그만해. 이제 파티는 끝났어." 대니시가 나가며 말했어요.

마침내 도둑맞은 미술품들이 전부 박물관으로 돌아갔어요.

"음식 예술 박물관을 대표해서, 감사의 표시로 박물관 평생
입장권과 기념품 에코백을 드릴 테니 제발 받아 주세요."
박물관장이 선물을 한 아름 주었지요.

"우아아…." 스위츠가 얼굴을 찡그리며 마지못해 대답했어요.
"우아아!" 대니시와 커스터드는 신나서 환호성을 질렀지요.

"이제 어느 때고 오고 싶을 때 오세요!" 박물관장이 말을 이었어요.

"그리고 오셨을 때 여기에 참여하면 좋을 것 같군요.

이번에 새로 시작한…."

"…미술 수업입니다! 탐정님들 덕분에,
정말 완벽한 선생님을 찾았어요."

"자, 두려워하지 말고 과감하게 그려 보세요. 그리고 기억하세요!
그릇에 담긴 이 과일 그림은 전혀, 고리타분하지, 않아서 어떻게
그려도 괜찮게 나올 거예요." 도마뱀붙이가 알랑거리며 말했어요.

"으윽, 이런 아마추어들이나 상대하고 있어야 한다니…."

사건 해결

무슨 뜻일까요?

감시

어떤 사람이나 사물의 움직임을 주의하여
자세히 살펴보는 거예요. 보안 카메라는 특정한 위치를
계속 감시할 수 있는 전자 장치지요.

위장

(어딘가에 들어가 숨는 대신) 주변 환경에 섞여
눈에 잘 띄지 않게 숨는 것을 말해요.

야행성

낮보다는 밤에 더 활동적으로 움직이는 거예요.

연역적 추론

어떤 정보를 가지고 새로운 결과를 예측하는 방법이에요.

(예를 들어, '모든 도마뱀붙이는 꼬리를 잃어버린 곳으로 되돌아가 그 꼬리를 먹으려고
할 것이다. 왜냐하면 꼬리에 저장된 영양분을 다시 흡수하려고 하기 때문이다'라는 방식이죠.)

이 동물을 소개합니다:
도마뱀붙이

생물학적 분류
강: 파충강
목: 유린목
과: 도마뱀붙이과
속: 도마뱀붙이속

서식지: 남극을 제외한 모든 대륙의 열대우림, 산, 사막 등

도마뱀붙이는 매끄러운 벽과 천장을 잘 기어오르는 것으로 유명해요. 그 비밀은 바로 발바닥에 있는데, 발바닥에 가득 나 있는 '강모'라는 미세한 털 덕분이에요. 도마뱀붙이는 위급한 상황에서 꼬리를 떼어 낼 수 있어요. 꼬리는 한 달 이내에 다시 자라고요. 어떤 도마뱀붙이는 주변 환경에 맞춰 자신의 몸 색깔을 바꿀 수 있어요. 그리고 도마뱀붙이의 눈은 사람보다 350배 더 빛에 민감해요. 그래서 대부분이 주로 밤에 활동하고, 어둠 속에서도 색을 구별할 수 있지요. 이러한 독특한 능력은 실제로 밤에 도둑질할 때 요긴하게 쓰일 수 있을 거예요. 하지만 도마뱀붙이는 자신의 능력을 그런 데에 쓰지 않고 포식자에게서 도망치거나 먹이를 구할 때 쓰지요. 주로 귀뚜라미나 밀웜, 파리, 과일 등을 먹어요.

말씀은 고맙지만,
저는 당연히 훨씬 더
고급스러운 것들을 먹는답니다!

믿을 수가 없군, 너희한테 이끌려 여기까지 오다니.

너는 관심을 좀 다른 데로 돌릴 필요가 있어. 범죄 사건에만 매달리지 말고.

얘야, 맞는 말이야.

으윽, 엄마마저도.

꼭 과일을 그리지 않아도 돼. 마음 가는 대로 그리고 싶은 걸 그려 봐.

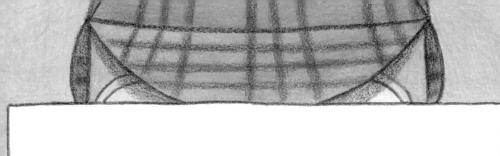

"우아, 스위스. 예술을 '이해'히지 못히는 사람치고는
꽤 잘 그렸는데?" 대니시가 말했어요.

"이거야말로 음식 예술 박물관의 제1회 미술 수업 전시회에서
확실히 눈에 띄겠어." 커스터드가 예상했지요.

"스위츠, 너는 항상 재능 있는 작은 새였단다."
빅마마 비둘기가 정답게 속삭였어요.

제1회 미술
음식 예술

빅마마 스위츠

마틴 스위츠

수업 전시회
박물관

펠릭스 대니시

랄프 커스터드

이 책에 나온 그림들은 실제 예술 작품에서 많은 영감을 받았어요.
다음은 그 작품들의 목록이에요.

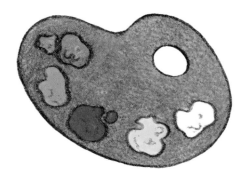

비둘기 탐정단 2
도둑맞은 그림을 찾아라!

초판 인쇄 2025년 1월 23일 초판 발행 2025년 1월 23일

지은이 크리스티 커런-바우어 옮긴이 이계순

펴낸이 남영하 편집 조웅연 전예술 디자인 박규리 마케팅 김영호 경영지원 최선아

펴낸곳 ㈜씨드북 주소 03149 서울시 종로구 인사동7길 33 남도빌딩 3F 전화 02) 739-1666 팩스 0303) 0947-4884

홈페이지 www.seedbook.co.kr 전자우편 seedbook009@naver.com 인스타그램 instagram.com/seedbook_publisher

ISBN 979-11-6051-254-0

Pigeon Private Detectives: The Case of Poached Painting ⓒ 2024 Christee Curran-Bauer

Originally published in 2023 in the United States by Union Square & Co., LLC,

a subsidiary of Sterling Publishing Co. Inc.

under the title Pigeon Private Detectives: The Case of The Missing Tarts.

This edition has been published by arrangement with Union Square & Co., LLC,

a subsidiary of Sterling Publishing Co., Inc., 33 East 17th Street, New York, NY, USA, 10003.

All rights reserved.

이 책의 한국어판 저작권은 EYA Co.,Ltd를 통해 Union Square and Co., LLc와 독점 계약을 맺은 ㈜씨드북에 있습니다.

저작권법에 의해 한국 내에서 보호를 받는 저작물이므로 무단 전재와 무단 복제를 금합니다.